우리들의 가슴 속에
시가 빛나다

詩

초판 1쇄 인쇄 ┃ 2010년 5월 25일
초판 1쇄 발행 ┃ 2010년 5월 30일

지은이 ┃ 포산중학교 3학년 학생들
엮은이 ┃ 박현진
펴낸이 ┃ 진성옥 · 오광수
펴낸곳 ┃ 꿈과희망
디자인 · 편집 ┃ 김창숙, 박희진
영 업 ┃ 김진용
출판등록 ┃ 제1-3077호

주소 ┃ 서울특별시 용산구 원효로 1가
      112-4 디아뜨센트럴 217
전화 ┃ 02)2681-2832
팩스 ┃ 02)943-0935
http://www.dreamnhope.com
e-mail ┃ jinsungok@empal.com

ISBN ┃ 879-89-90790-22-4 42810
값 7,000원

詩

우리들의 가슴 속에

시가 빛나다

포산중학교 3학년 학생들의 창작 시집
국어교사 박현진 엮음

꿈과 희망

2부_ 별보다 더 소중한…… 가족

3부_ 보리밭 같은 친구들 그리고 우리 학교

편집 후기

우 리 들 의   가 슴   속 에   시 가   빛 나 다

나를 찾기 위한 시간

성장과 성찰 _1부

별은 그대에게

최지혜

어둠 속 한 줄기 빛이 되어 줍니다

당당한 용기를 줍니다

활기찬 희망을 줍니다

동그란 눈 반짝이는 아이들의 꿈을 가지게 해 줍니다

어두운 세상 속 어른들에게 한 조각 동심을 줍니다

가난한 화가의 화폭 속 하나의 중심이 되어 줍니다

한 폭의 낭만을 선사해 줍니다

잊을 수 없는 또 하나의 추억을 줍니다

그대를 빛이 나게 해 주었던 그 별은

그대의 세상 속에서 점점 빛을 잃어갑니다.

시를 쓰면서 ————————————————————

시라고 하면 감동적이고 교훈이 담긴 글이라는 생각이었는데, 다른 시들
을 읽고 나니 '아! 시도 어려운 것만은 아니구나' 라는 생각이 들어서 한
번쯤 써 보고 싶었던 소재인 별과 환경 오염에 대해서 써 보았다.
아직은 뭔가 어정쩡하고 왠지 모르게 부끄럽지만 다음에 다시 한 번 더
시를 쓰게 된다면 조금은 쉽고 즐거운 마음으로 쓸 수 있을 것 같다.

작은 손님

조미선

미용실에서
한가한 오후를 보낸다
밖에서 들리는 고음 소프라노
나에게도 뜻하지 않은
작은 손님이 찾아 왔다
여전히 득음을 연습 중인
작은 손님
입 안과 온 옷 가득 배인
우유 향기
이 손님을 데려 오신
또 다른 손님은
오랜만에 자유를 만끽해 본다
하지만 난
여전히 득음중인
이 손님을 감당하지 못 하고
나까지 울상이 되어 간다
품 안 가득 우유 향기를
안고 있다가

지쳐 잠이 든다.
한가한 오후 한때의
작은 손님

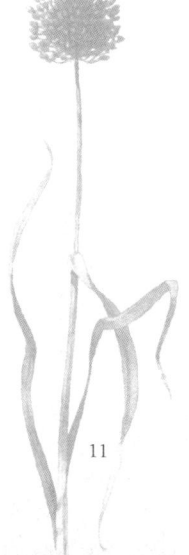

비 온 뒤 맑음

안세희

푸른 잎사귀 너머
작게 들려오는 빗방울 구르는 소리에
촉촉이 젖은 흙내의 아지랑이도
어린 아이의 숨결과 함께 피어올랐지

풀이 무성한 할머니 댁 텃밭
빗물이 고인 웅덩이를 피해
넓적한 토란잎 아래의 세상 속에서
아이는 코 끝에 빚어진 빗방울이 먼저 떨어지기를 바랐지

비 온 뒤 맑음
꽃봉오리를 간질이던 빗방울의 아쉬움
어린 새순과의 약속

흘러가는 구름 아래의 세상 속에서
아이의 눈 속에 스며든 빗방울 자국을
비 온 뒤 맑음을 또 기다린다.

시를 쓰면서 —————————————————————
어릴 때나 지금이나 나에게 변함이 없다면 비온 뒤 맑은 날씨를 좋아한
다는 것이다. 단지 깊은 숨을 들이마시며 느끼는 상쾌한 기분만을 뜻하
는 것이 아니다. 비가 올 때에 어렸을 적 할머니 댁 텃밭에서 빗방울이
스며든 촉촉한 흙 냄새를 세상에서 가장 정겨운 냄새라고 느꼈고, 지금
도 비가 내리면 그 냄새를 잊을 수 없다. 그 때의 느낌을 시로 옮기고
싶었다.

눈의 수(水)

이지연

눈에서 떨어지는
맑고 허열건 이것은
눈을 비집고 고개 내민
눈의 수(水)

입 꼭 다물고 남 몰래
고개 내민 그 수(水)

그 불쌍한 눈의 수(水)를
위해

입 벌려 힘차게
소리 내며 흘려보내려니
그게 너무 힘든지
눈의 수(水) 눈을 비집고
마구 쏟아진다

습관이 되어버린 불쌍한
내 눈의 수(水)

눈치 보는 불쌍한
내 눈물

시를 쓰면서 ─────────────────────
항상 울 때마다 숨어서 몰래 울었던 기억이 난다.
어렸을 때만 해도 '으어헝, 엉엉' 눈물, 콧물 다 쏟아서 시끄럽게 울었는
데, 이젠 중학생이 되니 그렇게 울기에는 너무 많은 나이인 것 같다. 가
끔씩은 아무도 없는 곳에서 정말 크게 한번 울어보고 싶다.

칼바람이 불면

강다은

칼바람이 불면
새벽종 치던 어느 날
오갈 데 없는 나그네처럼

칼바람이 불면
깊은 산 개울 어딘가
용솟음치는 메기떼처럼

칼바람이 불면
혹독한 박해 참으며
일월성신 비추는 광야같이

칼바람이 불면
나는 새로이 딛으며
발 맞추어 걸어간다

칼바람이 불면

시린 눈물 훔쳐내며

오늘도 난 향해 간다.

'시를 쓴다'는 것이 참 어려운 일인 것 같다. 여러 가지 시적인 표현들
도 생각하고, 시의 기본이라는 운율도 생각하고, 또 이 시를 읽었을 때
내가 무엇을 말하려고 하는지 나의 시를 읽는 사람에게 잘 전달되어야
하기도 하고…. 시라는 것, 참 까다롭다.
'내가 무슨 시를 써?'라고 줄곧 그렇게 생각해 왔지만 국어시간 시 단원
을 배우면서 그 생각이 바뀌었다. 쉽지는 않았지만 그래도 여러 편의 시
들을 읽고 내 손으로 직접 몇 글자 적어 보고 그러니 시에 대한 거부감
도 없어졌고 나의 고민을 시로 풀어보는 것도 좋을 듯하다.

달콤한 길

박미래

학원에 가기 전의 길은
순간의 슬픔을 적셔주는
알록달록 달콤한 길이다

길을 가며 서로 인사하는
딸기 같은 향이 짙은 길
인정 많은 호떡 할머니의
통 큰 수박 길
친구와의 따스한 사랑 같은
새빨간 사과의 길
수다 떨며 빙그레
웃음 짓는 바나나 길
주렁주렁 친구 매달고 다니는
패거리 포도 길
잘 보이고픈 사람 생겨
머리 세운 멋쟁이 파인애플 길

비록 학원에 가는 길은 하나일지라도

순간의 슬픔을 멎게 하는

달콤한 길이다.

시를 쓰면서 ────────────────────────
시를 쓰며 매일 걷는 학원 가는 길에 대한 생각을 하였더니 빙그레 웃음
이 지어진다. 매일매일 걷는 똑같은 길이지만 결코 지겹지 않은 정겨움
이 넘치는 따스한 길을 표현하고 싶었다.

봄날

채재능

초등학교를 지나
집으로 가는 길
꽃이 참 많이도 폈다

너무 예뻐
보기만 해도 기분이 좋은
바람에 흩뿌려지는
연분홍빛 꽃잎들

유치원 뜰에 핀
보기만 해도 기분이 밝아지는
앙증맞게 도란도란 모여 핀
노란색 개나리 꽃잎들

눈처럼 하얘
보기만 해도 마음이 깨끗해지는
사람들을 위로해 주듯
활짝 벌린 목련 꽃잎들

이 모두가 예뻐
사진에 담아둔다

그런 날
이상하게 바라보는
동네 할아버지

그 할아버지껜
바람에 흩뿌려진 기분 좋은 연분홍 꽃잎들도
도란도란 모여 핀 기분이 밝아지는 개나리 꽃잎들도
커다랗게 활짝 벌어진 위로해 주는 듯한 목련 꽃잎들도
느껴지지가 않나보다

아마
할아버지의 눈가와 이마에
굵게 파져 있는
인생의 주름 때문이겠지.

시를 쓰면서 ────────────────────

일요일 오후에 집에 가면서 생긴 일이다.
봄엔 역시 꽃이 먼저 떠오르는데 다른 날보다 감수성에 젖어 있던 그 어
느 날, 꽃들마다 다르게 느껴지는 여러 감정들을 가지고 이 시를 쓰게
되었다.
이 시를 읽고 나와 같이 느꼈던 사람들이 공감해 주면 좋겠다.

달성 4번

달성 4번에 몸을 싣고
집으로 가는 길

시장 다녀 온 할머니들 타니
여기서도 물건 판다고
'이거 싸다 저거 싸다' 하시니
시장이 되어 버린 버스 안

공장에서 일을 하고 온 외국인 노동자들 타니
외국어로 쌸랄라 쌸랄라
주문을 외우니
원어민 수업이 되어버린 버스 안

학교가 끝나고 집으로 가는 꼬마아이 두 명이 타니
내가 예쁘다, 네가 예쁘다
유치한 말싸움 들어주는
유치원이 되어버린 버스 안

개미 떼처럼 모여드는 교복 입은 학생들이 타니

책 읽는 사람, 자는 사람, 떠드는 사람

뒤죽박죽

학교 쉬는 시간이 되어버린 버스 안

오늘은 어떤 시간으로

집으로 기는 10분을 즐겁게 해줄지

기대하며

난 오늘도

달성 4번에 몸을 싣고

집으로 간다.

시를 쓰면서 ─────────────

처음 써보는 시의 필요한 소재를 얻기는 그리 쉬운 일은 아니었다.
그래도 일상생활에서 찾으려 주위를 둘러보니 버스가 생각났다. 마인드
맵을 통해 '버스' 하면 생각나는 것들을 적은 뒤 그것을 참고해서 시를
적어봤다. 달성 4번 버스를 매일 등하굣길에 타면서 사람들의 행동 하나
하나에 관심을 기울였고 그 결과 시를 쓸 수 있었다.
그리 멋진 시 제목도 아니고 촌스럽고 아주 평범한 시 내용이고 시의 소
재이지만 800원이라는 돈에서 얻을 수 있는 따뜻하고 정겨움이 있었고
왠지 모르게 마음이 따뜻해지는 걸 느꼈다.

검은색 도화지의 주인공

여한나

엄마 따라
그냥 무작정 따라 운동 가는 길
알고 보니……
검은 도화지의 산길

나무도 길도
검게 칠한 페인트처럼
오늘 나는 엄마와
검은 도화지의 주인공

산이 불탄 지 1년
나무는 아직도
흰색 도화지인가 보다
검은색 도화지가 좋나 봐

옛날엔 흰색 도화지의 주인공인
내가 오늘은
검은 도화지의 주인공

엄마와 나는
검은 도화지의 주인공이 되어
흰색 도화지의 주인공이 될 때까지
오늘도 걸으며 기다린다…….

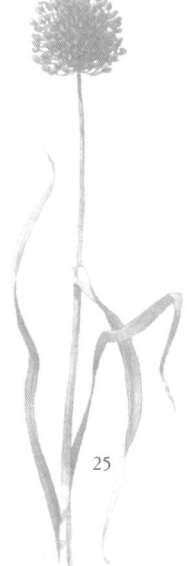

내 수면의 행복

유소영

내가 잠잘 때면
밖에서는 무슨 일이 일어날까
아무 근심 없이 평화로워
포근하게 눈 감으면
상상의 세계를
꿈꾸어 볼 수 있지
지쳐서 스르르 누우면
내 몸 안에 피로들이
한 층 한 층 도망가지.

시를 쓰면서 ─────────────────────
잠을 자면서 느껴보았던 행복한 내 마음을 시로 한 번 표현해 보았다.
모두들 이처럼 나와 공감 하길 바라며 표현하기도 했다.

雪

조연서

순백(純白)의 색(色)이 내려앉는다.
나의 형제(兄弟)의 위에도
붉은[紅] 동백나무의 위에도
새하얗게 물이 든다

순백(純白)의 눈[雪]은
새하얀 천사(天使)를 만들어 내고
새하얀 사람[人]을 만들어 낸다
하지만
이제는 볼 수 없는 존재(存在)가
되어가고, 색(色)을 잃는다

하지만
그것은 돌아오지 않는 시간(時間)
기억(記憶) 속의 공간(空間)에서
그 새하얀 순백(純白)의 색(色)은
그곳에서
영원히 존재(存在)한다.

미소 한 바구니

송효정

학교 마치고 돌아오는 길
길모퉁이 세 번 돌고 나면
미소 한 바구니 가득 얻는 나

첫 번째 모퉁이 휙 돌면
바닥에 넘어져 해맑게 웃고 있는 아이
아픈 줄도 모르고 해맑게 웃고 있는 아이
순수함이 묻어나는 미소

두 번째 모퉁이 휙 돌면
삼삼오오 모여 유쾌한 듯 웃고 있는 학생들
고입이라는 큰 벽을 두고도 즐겁게 웃고 있는 아이들
푼수 같은 개구짐이 묻어나는 미소

세 번째 모퉁이마저 돌면
슈퍼 마루에 앉아 학교 간 손녀 기다리며
웃고 있는 할아버지

칭얼거리는 손녀도 웃으며 받아주시는 할아버지
인자함이 묻어나는 미소

학교 마치고 돌아오는 길
길 모퉁이 세 번 돌고 나면
미소 한 바구니 가득 얻는 나

시를 쓰면서 —————————————————————
소재를 정하는 데 시간이 많이 들고 고민을 했다. 어릴 적 살았던 골목길
을 생각하며 어릴 때의 기억을 생각하며 시를 썼다. 오래 전 기억이라서
희미하기는 했지만 머릿속에 만화처럼 그림처럼 그려지면서 재미있었다.

바다

한승주

바다는 우리에게
음악을 들려준다

바다는 우리에게
미술 작품을 보여준다

바다는 우리에게
먹거리를 준다

바다는 우리에게
심리적 안정을 느끼게 해준다

바다는 우리에게
이렇게 많은
선물을 주지만
우리는 바다에게
무엇을 주었을까?

이렇게 늘 주기만 하는

바다에게

나는 무엇을

해 줄 수 있을까?

시를 쓰면서 ─────────────────────────────

처음에 창작시라고 해서 걱정을 많이 했었는데 막상 시상이 떠오르니까 의외로 시가 술술 잘 써졌다.

하지만 시를 다 쓰고 다시 한 번 보았을 때는 말도 안 되고 이상한 부분들이 있어서 고쳐보았다가 아닌가 싶어서 또 다시 고치고 고쳐서 지금의 시가 완성되었다.

창작시를 쓸 때에는 머리가 두 동강이 나는 것 같았지만 이렇게 완성된 나의 창작시를 보니 왠지 모를 뿌듯함이 느껴진다. 그래도 아직 많이 부족하다는 느낌이 든다.

유리

이승윤

꽃망울같이 여리디 여린 유리
그 꽃망울을 지키기 위한
농부의 손길로, 유리를 만진다
조심조심……

아기같이 투명한 유리
아기를 지키기 위한
엄마의 손길로, 유리를 만진다
조심조심……

유리는 보여준다, 깨끗한 세상을
우리는 보게 된다, 깨끗한 세상을

농부의 손길로, 엄마의 손길로
깨끗하게 자란 유리

유리는 그 손길 그대로
깨끗한 세상을 보여준다, 우리에게

유리는 그 손길 그대로
우리를 보여준다.

시를 쓰면서 ─────────────────
창작시를 처음 시작하면서 어려울 것만 같았는데 하다 보니 재미있었다.
'유리'란 소재로 시를 쓰려고 계속 유리를 보다가 햇빛이 반사되어서 눈
이 빠질 뻔했다.

반값은 무섭다

이정임

요즘 물가는 오르지만 내 지갑 속은 내려 가고 있다
오늘도 눈을 붉히며 반값 세일을 찾는다
한 푼이라도 더욱 아끼려는 나의 숨겨진 아줌마 본능

반값 하는 쇼콜라 빵집, 내 지갑은 열려가고 있다
하루 지나 반값 하는 빵, 고급 안 먹은 내 입 속
물가가 올라 화가 나는 숨겨진 경제 비판자의 본능

쇼콜라 빵집의 단골 손님, 내 마음도 이 곳을 찾고 있다
반값 빵에 길들여진 입 익숙해지는 내 얼굴
점점 더 커진 발과 같은 숨겨진 발 넓은 자의 본능

시를 쓰면서 ─────────

시를 짓는다는 그 자체가 누구나 할 수 있는 건 줄 알았다.
그런데 막상 쓰려니 주제 정하기, 어떻게 구성할지, 어떻게 표현할지…
하나마다 쉬운 게 하나도 없었던 것 같다. 2주가 흘러도 아이디어는 생
각조차 안나서 포기하려 했는데 그래도 이런 아이디어가 생겨 다행이고
기분도 좋았다.

소비자 고발

차민주

안심하며 살아왔던
무서운 이 세상

바짝 TV 앞에 앉아
눈을 번쩍 뜨고

긴장하며 본
소비자 고발

우리 엄마
혀를 차며
걱정을 하신다

안심하며
살아 올 수 없는
아리송한 이 세상

라디오

전다솜

늘 일정한 시간만 되면
어김없이 라디오 주파수를 맞춘다

오늘은 과연 무슨 사연과 노래를
들려줄까 하는 기대감에
저절로 내 입에는 미소가 걸린다

울음을 터트리게 만드는
찡한 사연 하나
웃음을 터트리게 만드는
DJ 특유의 말솜씨
저절로 흥을 돋우게 만드는
신나는 음악

오늘도 라디오를 통해
사람들의 유쾌한 사연을 듣는다

우리 할머니가 들려주시는 이야기를 듣는 것과 같이
라디오는 이야기 꾸러미다.

시를 쓰면서 ─────────────────────────
처음 시를 쓴다고 해서 소재를 생각해 보니 마땅한 소재가 없었다.
그래서 항상 주변에서 듣던 라디오를 소재로 정하였다. 라디오를 들으며
울고 웃었던 기억을 생각해서 시를 썼다.
시를 쓰긴 너무 어려웠지만 막상 쓰고나니 기분이 되게 좋았다. 내가 처
음 소재를 정하고 마인드맵을 그리고 초고를 쓰고 마지막에 시를 완성
할 때는 그 과정이 있었기에 더욱 뿌듯했다.

생각

시간은 자꾸만 흘러가네
오전 8시
어떤 인 기상하는 시간
어떤 인 밥 먹는 시간
어떤 인 학교 가는 시간

같은 사람
같은 시간
그러나……
다 하는 일은
다르네……

4교시
공부하는 시간
자는 시간
밥 생각하는 시간

같은 학생

같은 시간

다 생각하는 것이

다르네.

시를 쓰면서

안방에서 8시 뉴스 소리가 나서 적게 되었는데…….

무슨 말인가 하면 난 속으로 '8시네. 근데 아빠 TV 보고 있고, 난 숙제 하고 있고, 엄만 저녁상을 치우고 있고, 같은 시간인데도 하는 일이 다 다르구나' 라는 생각을 하게 되어 이 시를 적게 되었다. 아쉬운 점은 시 간을 잘 활용하자는 주제로 적고 싶었는데 주제가 잘 드러나지 않은 것 같아 많이 아쉽고, 조금 유아스러운 것 같아 아쉽다.

경찰서 앞

이진영

경찰서 앞 어리숙하게 생긴
보초 서는 아저씨는
매일 매일의 구경거리

3355 짝지어 집에 가는 길
누구 하나 경찰서 앞 보초 서는 아저씨
이야기라도 꺼내면
아저씨 곁으로 슝~~

아저씨만의 안식처는
항상 따라다니는 그림자

추우면 몸을 녹일 수 있는
보기만 해도 따뜻한
난로가 있고

더우면 냉방병 걸릴 것 같은
시원한 공기가
기다리고 있고

중국 모래 바람이 불어올 때면
민감한 기관지 걱정하는
깨끗한 공기가 있는

경찰서 앞 작은 집은
아저씨만의 그림자

시를 쓰면서 ─────────
항상 웃으며 생긴 게 어떠니, 키는 어떠니 하며 학교 오고 갈 때 지나치
는 경찰서 앞 보초 아저씨에 대해 친구들과 이야기 하던 것을 시로 쓰니
조금 기분이 색다르다. 잘 쓰진 못했지만 내 일상들을 한 번 더 생각할
기회여서인지 기분은 좋다.

자연의 보물 찾기

여유정

무더운 여름날
비슬초 학생들의
자연의 보물 찾기가 시작된다

힘들어도
보물 찾기를 하는 아이들의
눈은 초롱초롱하다

산 정상에서의
비슬초 학생들의
자연의 파티가 시작된다

너도 나도
싸온 음식에 아이들의
입은 즐겁다

오랫동안 산 정상에는
아이들의 자취가 느껴진다.

시를 쓰면서 ─────────────────────────

선생님이 처음에 소재를 정하라고 하셨을 때 초등학생 때 종종 가던 비슬산이 떠올랐다. 집과 가까운 산이지만 중학생이 되니 막상 가기가 힘들어졌다.

그 그리움과 내 눈에 보였던 풍경을 시에 쓰려니 어려웠다.

막상 쓰고도 초등학생 수준의 시 같아서 웃음이 나왔다. 우여곡절 끝에 완성하긴 했지만 무언가 부족한 것 같다. 그래도 최선을 다해 썼기 때문에 만족한다.

한여름 날 밤

이유리

뜨거운 한여름 날 밤
아이스크림이 그리워
들뜬 마음으로
방문을 열어 젖혔다

함박 웃음 지으며
서둘러 신발을 신고
내 발이 흥겹게
춤을 춘다

온통 까만 밤에
발 밑은 자갈들의 침대
그 위로 누워
진주알 한 방울 흐른다

그때, 그 모습 떠올라

한여름 더운 날

내 손 아이스크림은

웃음을 자아낸다.

시를 쓰면서 ─────────────────────────
아이스크림을 제재로 한 이유는 초등학생 시절 여름밤에 너무 더워서 아빠에게 돈을 받고 즐겁게 사러 가다가 자갈이 있는 앞마당에서 내가 슬라이드로 넘어져 흉터가 난 것이 아직도 있는데 그걸 보다 쓰게 되었다.
1연은 어릴 때의 순수한 마음을 나타냈고, 2연은 즐겁게 사러 가는 걸 표현했다. 3연은 내가 넘어진 상황이고, 4연은 그것을 추억한다는 내용이다. 이 시를 쓰다 보니 시 창작에 많은 어려움을 느꼈다. 왜냐면 시적으로 표현하는 것이 어려웠고, 더 잘 쓰도록 하기 위해 고쳐 쓰는 것이 어려웠다.
시를 쓰면서 내 어릴 적에는 내가 아이스크림 하나로 이렇게 기뻐했나 하고 생각하게 되었다. 그래서 그 때의 순수함이 지금은 많이 없어진 것 같아 슬프기도 했다.
그 사건 이후로 나에게 조심성이 조금 더 생긴 것 같아서 도움이 된 것도 있다. 참 재밌기도 한 추억이 나에게도 있어서 좋다.

봄이면······. 벚꽃

이경민

겨울엔 눈, 가을엔 낙엽, 여름엔 물놀이
봄이 찾아오면
벚꽃 구경하는 사람들

빛이 내려 쬐는 곳을 보면
하늘에서 내려오는
분홍색 천사들

달빛이 내려 쬐는 곳을 보면
우주에서 떨어지는
하얀색 별똥별

지나다니는 차들을
따라다니는
귀여운 꼬맹이들

벚꽃을 보며
하회탈처럼 환한 미소를 짓는
사람들의 순수한 모습

기쁨을 나눠주는 벚꽃송이
슬플 땐 같이 울어주는 눈꽃송이
아직도 눈가에 시성이는 벚꽃

시를 쓰면서 ───────────────────────────
가족들과 함께 경주로 벚꽃 구경을 하러 가서 가로수가 온통 벚꽃이 가
득 찬 것을 보니 정말 아름다웠다.
그래서 벚꽃을 소재로 하여 색깔을 그릴 수 있는 다양한 표현을 썼다.
맨 마지막 연의 내용은 벚꽃이 떨어지는 모습을 묘사하였다.
꽃이 그렇게 아름다운지 몰랐던 나는 이번 기회에 벚꽃에 대한 좋은 기
억을 만든 것 같다.

집으로 가는 길

류현이

실내화 신고 오는 길
들킬까 봐 조마조마한
왠지 모를 스릴감의
뜀박질에 떨어진 실내화는
오가는 등굣길에서 매일 인사하네

학교 옆 빌라 담벼락은
다리 긴 친구는 잘도 넘고
다리 짧은 친구도 무사히 넘건만
어찌 나만 낑낑대며 넘어야 하는지

근방에 잘생긴 흰 진돗개
부러울 정도로 다리가 길어 보여
짧은 내 다리에 화가 나서
괜히 가까이 가서 골려주네

지나칠 수 없는 세븐 일레븐
시끄럽게 수다 떨면서

배고픔을 해결하고
뒷정리도 깔끔한
센스있는 우리들

시를 쓰면서 ────────
무엇을 지어내 쓰는 것을 정말 싫어하는 난 소재를 정하는 것부터 막막
했다.
수행평가 제출 3일 전 소재를 정해 집으로 갈 때 있었던 일을 떠올리면
서 시를 써내려 갔다. 그러자 시 하나가 금방 완성되었다.
"아, 평소 경험에서도 시가 쉽게 나올 수 있구나."라는 생각이 들면서 이
번에 시와 한층 가까워진 것 같다.

내 마음의 소리

반희영

우리 집 정원 나무 사이로
새 노래하는 소리
놀토라고 좋아하며
흥얼거리는 소리

개장수 지나가면
동네 개들 왈왈거리는 소리
엄마가 잔소리 하면
반항한다고 왈왈거리는 소리

새 노래하는 소리
동네 개들 왈왈거리는 소리
모든 것이
다 내 마음의 소리

시를 쓰면서 ─────────────

놀토에 집에서 늦잠을 자다가 새들이 노래하는 소리에 잠이 깨는데 새 소리가 너무 즐겁고 상쾌했다.

새들이 노래하는 소리를 들으니 내가 월요일부터 금요일까지 열심히 학교를 다닌 후에 주말이 왔을 때 기뻐하고 즐거워 하면서 흥얼거리는 내 모습이 떠올랐다.

또, 가끔씩 "개 팔아~ 개 팔아~." 지나가는 개장수 아저씨 때문에 온 동네 개들이 목에 핏대를 세우고 짖어대는 소리가 꼭 엄마 잔소리가 듣기 싫다고 있는 힘껏 소리 지르던 내 모습이 생각나서 자세히 들여다보면 내 마음과 닮은 것들을 찾을 수 있다는 것이 너무 재미있었고 그래서 시를 적게 되었다.

사랑의 눈물

김진영

눈물을 가장 먼저 배운 아이는
마지막을 눈물로 가르치고 떠난다

태어나자마자 사람들의 사랑에 눈물을 배우고
태어나자마자 엄마의 눈물을 닮아 울던 아이는
살아가면서 감사한 햇살과 뼈 시린 그늘 아래서
조금씩조금씩 사탕처럼 달콤한 사랑을 배우고
그렇게 그렇게 보약처럼 쏩쓸한 사랑도 익히며
자신의 눈물은 잊은 채 목표를 향해 계단을 오른다
세월의 징검다리를 한 칸씩 건너 도착한 곳에서는
엄마의 눈물을 닮아 울던 그 아이가
또 다른 사랑에게 눈물을 가르치고 떠난다
자신과 꼭 닮은 사랑의 눈물을……

눈물을 가장 먼저 배운 아이는
마지막을 눈물로 가르치고 떠난다.

시를 쓰면서 ——————————

요즘 따라 눈물이 많아진 내 모습을 보고 엄마가 추천해 주셨던 소재가 바로 눈물이다. 눈물이라는 소재를 통해 생각해 보니까 태어나자마자 아기들은 울면서 세상을 맞이하고 그런 아기들을 위해 수많은 사람들이 눈물을 흘려준다고 생각한다.

엄마는 아기를 만난 반가움, 아빠는 엄마와 아기의 고생에 대한 미안함에 눈물이 모두 흐르고 있는 것 같다. 그리고 시간이 지나고 점차 느끼는 게 많아지고 세월이 흘러 자신이 죽을 때가 되면 또 다시 눈물은 흐른다. 자신이 산 인생에 대한 후회와 안타까움, 그리고 사랑하는 사람들을 떠나야 하는 데에서 오는 미안함에 대한 눈물 말이다.

그리고 그 눈물은 다른 사람들 또한 흐르게 된다. 이 사람을 보내야 하는 슬픔에 대한 눈물 말이다. 그래서 나는 눈물은 태어날 때 배우고 떠날 때 다른 사람들에게 가르쳐 주고 떠나는 것이라고 생각한다. 태어날 때 흘린 행복의 눈물은 떠날 때 미안함을 담은 슬픔의 눈물이 되어 가르쳐 주기 때문에 나는 시를 이렇게 썼다.

시를 쓰면서 눈물을 꼭 부정적으로만 볼 것은 아니라는 생각이 들었다. 눈물은 사랑의 감사한 마음을 나타내는 표현의 요소이자 슬픔의 안타까움을 표현하는 부끄러움의 요소이기도 하다.

달리기 선수

세월은 100m 달리기 선수

이 사진의

다솜이 피부처럼 까무잡잡한

다은이 볼살처럼 포동포동한

이 아이는 어떻게 자랐을까 ?

이 아이는 무엇을 하고 있을까 ?

어느새 골인점에 다다르는 달리기 선수

시를 쓰면서 ─────────────────────

며칠 전 어릴 적 사진을 보고 문득 소재가 생각났다. 나뿐만 아니라 자
신의 옛날을 돌이켜보며 내가 언제 이만큼 이렇게 자랐을까 하곤 생각
한 적이 있을 것이다. 그 때 시 감상에서 학생 작품이었던 '달빛'처럼
짧은 시에서 깊은 인상을 남겨주는 시를 쓰고 싶었다. 근데 짧게 긴 여
운을 남기려고 하니 무척 어려웠다.

츄파춥스

표혜원

세상 그 어떤 말 한 마디보다 달콤한 츄파춥스

내 마음 속 얼음 한 조각마저 녹여버릴 듯한 달콤함

사랑의 속삭임도 이 달콤함을 이길 수 없는

귓가에 들리는 수백의 노랫말보다

혀 끝을 감도는 미각의 감동이

내 마음을 더 잘 타이르고 다스리는

달콤한 츄파춥스, 롤리롤리롤리팝

시를 쓰면서

나는 개인적으로 아이돌스타 빅뱅을 좋아하는데, 그런 내 마음을 시로
표현해 보려고 노력했다.

종합병원 윤은애

윤은애

아픈 사람들이 많이 오는 병원
참 여러 가지 병으로 사람들은
병원을 찾는다

감기에 걸린 사람……
배가 아픈 사람……
허리가 아픈 사람……

머리가 아픈 사람……
등등

혹시 큰병이 아닐까
마음이 조마해지고
무서워도
병원으로 향한다
아픈 사람들이 많이 오는 병원
참 여러 가지 병으로 사람들은 병원을 찾는다.

시를 쓰면서 ─────────────────────────────
내가 집과 학교 다음으로 가장 많이 가 본 곳이 바로 병원이다.
그래서 종합병원을 소재로 시를 지어 보려 했고, 병원에서 내가 보았던
사람들과 주변의 모습을 바탕으로 시를 지었다.

추억 속의 나의 집

김정은

한때 나의 살던 곳 창녕엔
집 한 채가 있었어요

그 집에는 추억들이 마구마구
뛰놀고 있지요

한때 우리집 개 밍밍과
뛰놀던 잔디 위엔
지금 잡초만 자라고 있고요

친구와 함께 물놀이 하던 개울엔
쓰레기만 버려져 있어요

갈색 깃털 날리는 닭들로 가득 찼던
닭장에는 이제 아무도 없어요

비록 지금은 모두 사라졌지만
내 맘 속엔 항상 그들이 숨쉬고 있어요.

시를 쓰면서 ─────────────────────────────

처음에는 무엇을 소재로 할까 많이 고민을 했다.
그러던 어느날, 우리 집 앨범을 보게 되었는데 그걸 보고 나서 창녕집에서 뛰놀던 추억이 떠올랐다. 창녕집은 내가 6년 동안 살았던 집이어서 그만큼 정도 많았고 추억도 많았던 집이었다. 그래서 소재를 창녕집으로 하게 되었다.
이 시를 다 쓰고 나니까 그 집이 더욱 더 그리워졌다. 지금은 그 집에 다른 가족이 살고 있지만 내 마음 속엔 항상 그 집이 숨쉬고 있다.

이별 여행

조혜연

너를 만나고
너를 보낸다

가지 말라고
외쳐 보지만

하늘나라로 가는
천국 열차를 타고
너는 떠난다

다시 만났을 땐
같이 웃자고
기다리겠다며

잠시 있다 온다고
다시 또 보자고

열차에

몸을 싣는다.

시를 쓰면서 ─────────────────────────────
이 시는 나랑 1주일 동안 같이 산 강아지의 이야기이다. 어느 날 이 강
아지는 사라져 버렸고 다시 돌아왔을 때는 몸에서는 피가 보였다.
1주일이라는 시간 동안 많은 정이 들었고, 슬픔과 서운함과 지켜주지 못
한 미안함이 이 시를 통해 표현되었으면 하는 바람도 있다.

사진

김다은

사진을 찍는 이유엔
어떤 것이 있을까?

사진을 찍는 이유엔
어떤 것들이 있을까?

어떤 사람은
즐거운 추억을 기억하기 위해

어떤 사람은
멀리 떠나가는 사람을 영원히 기억하기 위해

어떤 사람은
그 순간의 재미를 기억하기 위해

어떤 사람은
돈을 벌기 위해

어떤 사람은
사랑하는 사람과의 행복한 시간을 간직하기 위해

어떤 사람은
아름다운 풍경들을 기억하기 위해

사진을 찍는 이유는
다양하지만……

하나의 큰 공통점은……
사진 속 그 시간은 영원히 간직할 수 있다는 점

사람들은 이런 이유로
사진을 찍는 것은 아닐까?

시를 쓰면서 ─────
'창작시', 처음에 들었을 땐 '참, 쉽겠다. 조금만 생각하면 되겠지'라고 생각
하고 시작했다. 하지만 그게 아니었다. 시작할 때 주제를 정하는 단계부터
어려웠다. 주제를 어떤 것을 해야 좋은 시를 쓸 수 있을까 하고 많은 생각을
했다. '사진'으로 시를 시작했고, 사진에 대한 나의 느낌을 담아내고자 했다.

중3인 나

정단비

엊그제만 해도 중학교 1학년 같더니
벌써 중3이라니 믿기지 않는다.

공부를 해도해도 끝이 없는
중3인 나
조금 쉴까 해도
고등학교 갈 생각에
또 연필을 잡는 중3인 나

밥 먹을 시간, 화장실 갈 시간, 잠 잘 시간
아까워서 하는 중3인 나

동생 TV 볼 때
'아, 나도 TV 볼까?' 하고 망설이다
"고등학교 어디 가려고……, 빨리 공부해!" 라고 말하시는 엄마
얼굴 찌푸리고 방으로 들어 가서 연필 잡는 중3인 나

힘들다 공부하기 싫다 해도
고등학교 갈 생각에 열심히 공부하는 중3인 나

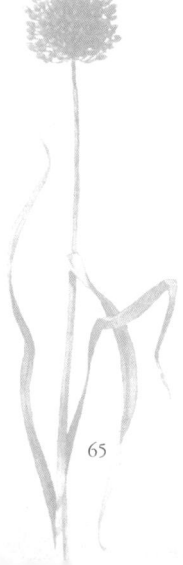

어릴 적

박선영

모래더미가 쌓인 그 곳
눈 감고 생각해 보면
그 곳엔 목마와 언니가 있다

아빠의 일터였던 그 곳
눈 감고 생각해 보면
헬리콥터 못 탄 천진난만했던 내가 울고 있다

사진……
뚫어져라 처다보며 옛 추억을 떠올리면
난 통통했다
눈은 복어 눈
아이스크림 들고 흘리고 다녔던
그 때……
지금 생각해 보면 웃음만

내가 좋아했던 할아버지

지금 생각해 보면

보고 싶다고 눈물만

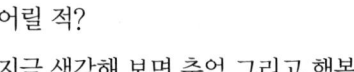

어릴 적?

지금 생각해 보면 추억 그리고 행복.

시를 쓰면서 ─────────────────────────

마인드맵을 사용해서 모든 생각을 꺼내어서 써 봤는데도 부족한 점이
많은 것 같다. 내가 가장 마음에 드는 부분은 "보고 싶다고 눈물만"이라
는 부분이다. 이 부분은 시에서 말하고자 하는 감정을 함축적으로 표현
하려고 노력했던 부분이다.

그 꽃으로

그 꽃으로 흑색 아스팔트에 분홍빛이 감돕니다

그 꽃으로 앙상한 나뭇가지에 분홍빛이 감돕니다

그 꽃으로 상처 입은 마음에 분홍빛이 감돕니다

그 꽃으로 눈망울 맺힌 눈물에 분홍빛이 감돕니다

그 꽃으로 상처 입은 마음에 분홍빛이 감돕니다

그 꽃으로 속삭이던 목소리에 분홍빛이 감돕니다

오늘도 그 꽃으로 내 마음에 분홍빛이 감돕니다.

시를 쓰면서

처음 창작시 수행 평가에 대한 이야기를 들었을 때 걱정도 들었지만 잘
할 거라는 다짐을 가지고 시를 써서인지 그렇게 힘든 게 없었던 것 같다.
하지만 봄과 벚꽃, 그리고 풍경을 가지고 한 구절 한 구절 써가니 막상
다른 친구에 비해 짧은 것 같다.
시는 함축적인 것이라고 위안을 해도 옆 짝의 긴 시를 보면 한숨만 나오
며 주제나 제재를 바꿔 쓸까라는 생각도 했지만 내가 쓴 시를 배신하긴
싫어 간결하지만 깔끔한 내 시를 마음에 들어 할 거다. 반복되는 구절이
있어 리듬감을 살리려 했지만 맘처럼 쉽지 않아 힘들었다.
봄을 나타낸 벚꽃이 내 시의 제재가 되어 좋고 다음에 쓴다면 좀 더 나
은 작품으로 써 보고 싶다.

별보다 더 소중한······

가족_2부

기적

이수정

외할머니 댁
다녀오는 길 우리에게 들리는
전화 소리

우리 가족은
전화 한 통에
무너져 내린나

다시 간 곳에
의사 선생님들 속에 누워 계신
우리 외할머니

그 순간
저 건너 들리는
청천벽력 같은
'식물인간' 이란 소리

하지만

한 줄기 소나기 같은
기적은
언젠간 일어날 수 있다는 소리
우리는
한 줄기 시원한 소나기를 기다리며
외할머니를 바라본다

언젠간
시원히 내릴 소나기를
기다리며
외할머니를 바라본다

끝없이……
지금도…….

시를 쓰면서

시를 쓰는 내내 외할머니 생각에 마음이 무거웠다. 주제는 자유였지만 외할머니를 위해 시 한 편 적어 보는 것도 좋겠다 싶었고, 혹시 외할머니가 깨어나시면 보여드리고 싶기도 하였다. 우리 가족이 외할머니를 이토록 간절히 기다려 왔다고, 외삼촌과 엄마의 마음을 대신하여…….

외삼촌과 엄마는 외할머니가 빨리 깨어나시길 바라는 마음으로 늘 더 좋은 병원을 알아보고 찾아 다니신다.

나는 안다. 엄마는 겉으로는 울지 않으시지만 마음으로 울고 계시다는 것을. 나도 엄마가 아프실 땐 울고 싶은데 외할머니는 그보다 더 심하신데 엄마는 딸로서 얼마나 마음이 아플까?

나는 외할머니가 누워 계신 병원에 가면 외할머니 곁에 잘 가지 못한다. 다가가서 "외할머니, 저 왔어요. 일어나 보세요." 하면서 말하고 싶지만 막상 뵈면 가슴이 아파 말도 못 걸겠고, 눈물이 날까 봐 다가가지 못한 것 같다.

지금 나의 작은 소망은 다시금 외할머니 댁에 가면 외할머니가 나의 이름을 부르면서 밖으로 나오시는 모습을 보고 싶고, 외할머니께서 해 주신 콩나물밥도 먹고 싶다. 언제나 내가 가면 고기를 구워 주시고, 용돈도 주시는 외할머니의 건강한 모습을 보고 싶다.

이 시를 쓰면서 고민을 많이 했다. 우리 가족에 관한 이야기라서 가족의 힘든 부분을 이렇게 써도 되나 싶었지만 지금은 다르다. 외할머니를 위해 쓰는 것이기에……. 외할머니가 부끄럽지 않다. 사랑하니까.

내 평생 한 번만이라도 더 외할머니의 목소리를 들어 보고 싶다.

"우리 수정이 왔어?"

사진 속

장관음

할머니 가슴앓이 시작된 지
벌써 7년
6남매 그리움 아는지
할머니 병을 모르는지
액자에 갇힌 할아버지의 웃음은
참
밝다

TV 벗삼아 놀고 손녀 걱정으로 사시는
외할머니
4남매 아픔을 아는지
외할머니 쓸쓸함을 모르는지

서랍 안에 고요히 미소짓는 외할아버지
참
좋다

사진 속의 웃는 모습이

보기 좋아 눈시울 붉어지는

나도

참

좋다.

시를 쓰면서 ————————————————————

나는 할아버지와 외할아버지를 사진으로만 봤다. 살아 계실 적에는 한 번도 뵌 적이 없기 때문이다. 할아버지께서는 아빠가 중학교 2학년 때쯤 돌아가셨다고 했다. 그래서 그 때부터 할머니는 무려 6남매를 홀로 키우셨다. 그렇게 힘들게 고생을 하셨는데. 2001년, 할머니는 백혈병으로 돌아가셨다.

그 때 나는 철없던 나이였어도 사촌 언니랑 소리 없이 울었다. 아직도 생생할 만큼……. 그런데 할머니가 돌아가셨을 때는 옆에 있었지만, 외할아버지가 돌아가실 때는 나는 태어나지도 않았다. 그렇게 한 번도 뵌 적이 없었다는 마음이 컸던지 시의 소재로 선택하게 되었다.

시를 적는다는 것은 마음먹기에 따라 그 결과가 다른 것 같다. 처음에는 적어본 적이 잘 없어서 낯설기만 했지만 나중에는 자신감을 가지고 적으니까 오히려 마음을 정리하고 추억을 회상하는 좋은 계기가 되었던 것 같다.

이제는 좋은 마음으로 할아버지와 외할아버지를 보내드릴 것 같다.

이젠 없다

학원이 끝나면
할머니 집으로 달려갔다
항상 침대에 앉아서
환하게 웃어주시던 할머니

이젠 없다

할머니의 냄새가 배였던 옷장도
할머니가 누워 힘겹게 싸우던 침대도
딸깍딸깍 로트리 TV도
할머니의 웃음마저도…….

시를 쓰면서 ——————————————————
어떻게 그리움을 잘 표현해야 할지, 몇 연을 써야 할지 잘 몰라서 많이
생각했는데 마인드맵을 보며 생각나는 대로 쓰고 고치고, 쓰고 고치고
하다 보니 한 편의 시(?)가 완성되었다. 많이 생각해 보고 적은 시라서
뿌듯하다.

사랑스러운 1살

황초롱

작년 7월 24일,
세상의 빛을 보게 된 아주 조그만한
강냉이 1kg 조금 안 되는 보현이

기린의 긴 목처럼 긴 병원 생활
그리고 두 번의 깊은 잠도 들고
미운 짓만 골라서 하는……

하지만 결코 밉지 않은
요즘은 내 마음을 읽고 있는지
건강해진 사랑스러운 한 살 배기.

시를 쓰면서 ────────────────────

처음 주제를 정하고 난 뒤 시를 쓰려고 하니 막상 힘들었다. 더 힘들었
는 건 태어나자마자 많이 아파했던 사촌 동생인 보현이에 대한 내용이
기에.
시를 쓰면서 사촌동생 보현이에 대해서 많이 생각했다. 쓰고 다시 쓴 뒤
내 머리의 한계로 인해 아까운 점이 무척이나 많다.

할아버지 얼굴

곽가은

새 하얀 종이에
무심코 그린
할아버지 얼굴

까무잡잡한 피부,
셀 수 없는 주름들
행복하지 않은 표정

그림 속 할아버지는
왜 웃고 있지 않을까?
왜 아무 표정도 없을까?

매일 거친 숨 몰아가며
하루하루 숨쉬기조차 힘들고
온 몸이 하나같이 쑤신다

하루가 힘들어도 하루가 지났다
생각하면 씁쓸한 미소
하지만 내일이 걱정된다

우리 할아버지도 과연 이러지 않을까?
다시 종이를 바꿔
무표정을 웃는 모습으로 비꾼다.

시를 쓰면서 ―――――――――――――――――――

내가 어릴 적 할아버지 댁에 가면 할아버지는 항상 웃으면서 나를 맞이하
셨다. 하지만 요즈음에는 가끔만 웃어주시고 그리 웃는 모습을 잘 볼 수
없었다.
이런 할아버지를 생각하며 내가 원하는 할아버지의 웃음을 상상하면서 시
를 썼다. 이 시에서 '무표정을 웃는 모습으로 다시 그린다' 라는 구절을 통
해서 할아버지가 웃으셨으면 하는 바람을 담아보고자 했다.

내 동생

박신혜

기억력 2초인 내 동생
혼날 때는 꼬리 내리고
깽깽 거리더니
또 화분 건드리고 있는
내 동생, 까미는 기억력 장애

드디어 여자 된 내 동생
드디어 여자 된 내 동생
반항하더니
처음엔 남자처럼
요즘엔 사춘기 와서 조용해진
우리 까미는 요조숙녀

편식하는 내 동생
사료 줄 때는 배부른 척
무시하더니
간식은 절대 거르지 않는
우리 까미는 편식쟁이

말 안 듣고 반항해도

그새 미운 정 고운 정 다 들어

나의 사랑스런 동생 되어 버린

우리 동생, 우리 까미.

시를 쓰면서 ────────────────────────────

난 처음에 무슨 소재로 시를 쓸까, 난 시를 못 적는데 이런 고민만 며칠을 보냈다.

내가 지은 시는 단순한 내용이다.

일단 우리 집 강아지, 까미를 소재를 정하고 난 뒤 시 쓰기는 의외로 빠르게 진행해 나갔다. 역시 어떤 글쓰기에서도 가장 중요한 것이 소재 정하기라는 것을 느꼈다.

얼른 갔으면 좋겠더니……

최수정

우리 집에 빈 방이 하나 생겼습니다
2년 동안은 텅 비워져 있을 방 하나

2년 동안은 잘 만나지도 못할 빈 방 주인 우리 오빠
얼른 갔으면 좋겠더니…… 가니까 보고 싶고, 걱정된다
얼른 갔으면 좋겠더니…… 가니까 허전하고, 울컥 한다
마치 톰과 제리처럼 티격태격 싸웠는데……
매일 나 놀려 먹는 게 일인 얄미운 오빠였는데
그것도 추억이라고, 미운 정도 정이라고
기차 없는 기찻길 위의 허전함처럼
티격태격 싸우던, 놀려 먹는데 취미인 얄미운 오빠 없으니
허전하다. 아주 많이

얼른 갔으면 좋겠더니……
이젠 얄미운 오빠라도 빨리 왔으면 좋겠다.

시를 쓰면서 ───────────────────────────
내가 이 시를 쓰려고 몇 장의 종이를 버렸는지 모를 정도로 많은 종이를
구겨 버린 것 같다. 시를 쓰면서 시인들이 참 대단하다는 생각을 했다.
어찌 그리도 좋은 표현으로 좋은 시를 쓰는지 참 신기하기도 했고, 대단
하기도 했다.
시의 소재조차도 하루이틀 걸리며 정했고, 마인드맵을 다 그리고 첫 행
의 시작을 하려니 어떻게 해야 할지 통 몰라서 다른 시들을 얼마나 읽어
본지 모른다.
그렇게 조심스레 한 자 한 자 적었는데, 시는 정말 아무나 쓰는 게 아니라
고 생각했다. 비유하는 것도 그렇고, 운율 형성하는 것도 많이 힘들었다.
하지만 다 적고 나서 왠지 뿌듯하기도 했다.

그리움의 흔적

양혜원

나의 그리움이 연기로
훨훨 날아가네

배바지에서 할머니의
향기가 흘러 나오네
하지만 이젠 들을 수 없는
할머니의 향기

과학 시간 실험처럼
붉게 타오르는 향 앞에
할머니의 환한 모습이 보이네

"아이고, 아이고" 하는 소리에
내 가슴도 무너져 내리네

내 눈앞에 놓인 할머니의
환한 모습에 눈물샘에서
눈물이 뚝뚝 떨어지네

환하게 웃는 할머니의 모습이
기억에서 새록새록 떠오르네
하지만 이젠 기억할 수 없는
환하게 웃는 할머니의 모습

나의 그리움이 연기로
훨훨 날아가네.

시를 쓰면서

처음에 할머니께서 돌아가셨다는 소식을 들었을 때 별다른 느낌은 없었
는데, 상을 다 치르고 난 뒤에 할아버지만 혼자 계셨을 때 할머니의 빈
자리가 컸다.

더 잘 해드리지 못했는데 고맙다는 말도 전하지 못한 채 돌아가셔서 너
무 죄송하고 할머니가 무척 그리웠다.

할머니에 대한 그리움과 죄송함을 시로써라도 그 마음을 전하고 싶었다.

외할아버지 생각

곽정아

먼지가 쌓여 하얗게 되어버린 한 상자
엄마는 상자를 꺼내어 뚜껑을 여신다
아주 많은 사진들 중에
눈에 띄는 한 사진
엄마는 보고 웃으신다

생각나면 가는 그 곳
과일, 과자, 돗자리
그렇게 좋아하시던 술까지
몽땅 들고 올라간다
푸르게 자라 있는 잡초들
다 뽑아버린다
엄마는 보고 흐뭇해 하신다

항상 전화할 때마다
항상 꺼내던 이야기
항상 바라던 말이다
"술 · 담배 하지 마세요."

엄마는 듣고 웃으신다
2007년 5월 30일
웃고, 반겨 주시던 외할아버지
이제는 안 계신다
사진 속 웃고 있는 얼굴뿐
남아 있는 건 추억
엄마는 눈물 흘리신다.

시를 쓰면서 ─────────────────────────
외갓집에 가면 생각나는 외할아버지. 항상 웃으시면서 반겨주셨는데 아쉬운 마음으로 외할아버지, 엄마를 생각하면서 이 시를 썼다.
항상 가면 환한 얼굴로 웃고 계시는 외할아버지의 영정 사진이 안방에 걸려 있다. 엄마는 쌓인 먼지를 손으로 닦아내시고 외할아버지께 **뽀뽀**하는 모습이 슬프기도 하고 웃음이 나오기도 한다.
이 시로 외할아버지에 대한 그리움을 달랜다.

전축 소리

이연진

학교 마치고
집에 오면
들리는
전축 소리

나는 시끄러운데
할머니는
듣기 좋다는
전축 소리

틀면
너무 신나게
노래하는
전축 소리

전축 소리
좋다던
할머니 눈에는

눈물이 그렁그렁

할머니 왜 울어
라고 물어보면
할아버지 보고 싶다고
답하시는 할머니

그래서
큰아빠, 아빠, 삼촌이
버리자고 하면
안 된다고 했구나

오늘도
전축 들으시면서
"이렇게 잘 들리는데
왜 버려."
라고 말하신다

그리고 눈가에는

눈물이 그렁그렁

흥겨운 전축 소리도

눈물이 그렁그렁.

시를 쓰면서 ──
할아버지 돌아가시고 전보다 더 자주 트시던 전축, 난 시끄러워서 싫었다.
그런데 어느 날 할머니가 울먹울먹 거리시기에 왜 우시냐고 물어보니
할아버지가 보고 싶다고 하신다. 할머니는 할아버지 병간호를 몇 년 동
안 해 오셔서 이제는 병간호 안 해도 되겠다고 말씀하셔서 괜찮은지 알
았는데…….
전축 들으면서 우시는 모습이랑 장례식에서 할아버지 시신 잡고 우시는
모습이 겹쳐 나도 눈물이 날 것 같았다.
그 이후로는 전축도 잘 안 들으셨다.
하지만 나에게는 그 모습이 너무 기억에 남아 시로 써 보았지만 표현이
어색해서 많이 아쉽다.

통영

표유빈

여름 휴가, 겨울 휴가
외갓집 가면
바다에 간다

바다 속 생물들을
잡거나
캔다

외갓집 가면
파도 마늘도 까고
고구마 줄기도 다듬고

늘 내 기억 속
행복한 통영 외갓집

눈

김호언

새하얀 눈
내 눈 속에서 반짝거리고

새하얀 눈
내 마음속을 녹이고

새하얀 눈
시린 손 반길 때면

내 가슴속은 하얀 눈길
자그마한 발자국 찍히는 겨울길

눈이 내리면
내 생각은 부모님에게로

손 시리도록 일하시며
울고 계실 부모님의 하얀 눈물

시를 쓰면서 ─────────────────────────────

내가 좋아하는 것을 시 제목으로 정하고 싶어서 오랫동안 고민하다가 눈이 제일 적당할 것 같아서 눈을 제목으로 정하였다.

시 적을 때에 낯간지러운 말이 많아서 쓰는데 좀 고생했던 것 같다.

그래도 이때까지의 수행평가 중 제일 어려웠지만 많이 뿌듯했다.

과수원

차지은

할머니 과수원 가는 길
감 먹을 생각에 들떠
벌써 문경 과수원에 도착

주황빛에 새콤 달콤한
향이 나의 코 끝을
찌른다

감나무 꼭대기에
빠알간 홍시를 보며
손을 쭈욱 뻗어 본다

한 입 배어 먹으니
사르르 녹는 이 맛!

할머니 정성에
감이 달콤하게 익어
포장을 하던 순간!

할머니는 힘든지도
모르고 감들을 보며
흐뭇해 하신다.

시를 쓰면서 ——————
할머니 댁이 문경에 있는 감나무 과수원을 하고 계셔서 가을 될 때마다
할머니 과수원을 가서 할머니를 도와드리기도 하고, 감도 먹고, 할머니
도 보고 힘들게 일하시던 게 생각이 나서 한 번 써 보았다.

노는 날 쉬는 날

정주희

노는 날 쉬는 날
마음잡아 공부하려니
하고 싶지 않아
괜히 동생에게 미뤄지는 변명

동생에게 미안한 마음 반
내 마음 속 공부할 의지 없는 마음 반

놀았다고 하면 혼이 날까 봐
애꿎은 동생만을 탓하고

아무것도 모르는 동생은
언니를 보고 생긋생긋 웃기만 한다
노는 날 쉬는 날에…….

시를 쓰면서 ─────────────────────────────
시의 주제를 무엇으로 할까 생각을 하다가 동생에게 지난 번 미안한 행동을 한 생각이 들어서 이것으로 한 번 정해 보았다.
정확히 지난 4월 5일, 엄마와 아빠께서는 나무를 심으러 가시고, 나는 내 동생을 돌봤다. 그때 나는 엄마와 아빠가 오실 때까지 문제집 풀기와 숙제, 청소를 하려고 했었다. 그런데 마음과는 다르게 혼날까 봐 청소만 하고 숙제는 하나도 안 했다.
그렇게 놀다가 엄마, 아빠께서 오셨는데 "너 공부 안 했지"라는 말씀에 혼이 날까 봐 동생 때문에 못했다고 거짓말을 했다.
그때 내 동생은 뭐가 즐거운지 싱글싱글 웃기만 했다. 그 때의 미안함에 이 시를 쓰게 되었다. 이번을 기회로 시 쓰는 것이 어렵기도 하고 한 번 쯤은 써 볼 만한 것 같기도 하다. 그래서 이젠 시와 조금 더 가까워진 것 같다.

말썽꾸러기들

황혜정

내 사촌동생 수정이와 성환이는
못 말리는 말썽꾸러기들

주말이면 천안에서 현풍까지
놀러오는 말썽꾸러기들

수정이와 성환이가 있을 때면
난 매일 심부름과 잔소리를 한다

"리모컨 가져 와."
성환이 만화 볼 때 리모컨 빼앗아서
내가 보고 싶은 거 보기

"물 가져 와.", "과자 사와."
말 안 들으면 꼬라보면서 10초 세기

투덜투덜 거리는 잘생긴 막내 성환이
군말 하지 않고 심부름 다하는 수정이

말썽 많이 피우고 매일 사고만 쳐서
정말 짜증나는 말썽꾸러기들

그래도 미울 때보다 좋을 때가 많은
내 미우나 고우나 사랑스런
말썽꾸러기들

시를 쓰면서 ─────────────────────────
처음에는 여러 가지 소재들이 많이 나와서 그 중에 어떤 것을 골라야 할
지 고민이었다.
여러 가지 고민 끝에 결국 사촌 동생들이 제일 많이 떠올라서 나서 시로
써 보았다.
이 시를 쓰며 생각해 보니 내가 참 얄미운 언니, 누나인 것 같다.
'앞으로는 잘해 줘야지' 하면서도 계속 구박하는 게 익숙해져 버렸다.
내가 쓴 시지만 유치한 내용인 것 같다.

우리 할매

곽아름

할머니 머리는 꼬불꼬불
할머니 얼굴은 쭈글쭈글
할머니 손은 쪼글쪼글
할머니 배는 볼록볼록
할머니 발은 터실터실

하지만 할머니 마음은 참 따뜻해요
그리고 우리 할머니 몸은 약국이랍니다
왜냐하면 언제나
아픈 나를 고쳐 주시니까요

내가 초등학교 1학년 때 지은 시다
8년이 지난 지금
할머니께는 많은 변화들이 찾아왔다
긴 시간 동안 좋은 일들만 있을 수는 없었기에……
더 딱딱하게 굳은 굳은 살과 새까맣게 탄 얼굴

하지만 아직 그대로인 것도 있다

꼬불꼬불 머리랑 쭈글쭈글 주름이 가득한 얼굴

할머니의 따뜻한 마음과 미소는 아직 변하지 않았다

그리고 그 따뜻한 마음과 미소는 영원했으면 좋겠다

할매~!

오래오래 건강하세요.

시를 쓰면서 ─────────

시의 소재를 무엇으로 할까 고민을 하다가 갑자기 초등학교 1학년 때 쓴 시가 생각이 났다. 그래서 그 시에 지금의 할머니의 모습을 덧붙여 시를 바꿔보면 어떨까? 라고 생각을 했다.

그렇게 '우리 할매' 라는 시를 지었다. 나는 할머니와 무려 13년을 한 집에서 살았다. 그래서 할머니가 나에게는 너무나도 친숙한 존재이다. 그래서 할머니를 '할매' 라고도 부른다.

그런데 시를 쓰며 생각해 보니 할머니가 항상 같이 있어서 그런지 할머니의 바뀐 모습을 자세하게 생각해 본 적이 없었다는 걸, 그리고 할머니가 연세도 많이 드셨다는 걸 알게 되었다. 그래서 할머니가 오래오래 사셨으면 하는 바람으로 시를 썼다.

보리밭 같은 친구들

그리고 우리학교 _3부

공부

노현정

수업시간 집중해라 딴짓 하면 바보 된다
선생님의 말씀 따라 집중하며 공부하라

공부하면 나의 미래 찬란한 빛이 난다
공부 못 해 울지 마라 엄마 아빠 걱정한다

곧바른 길 꺾어진 길 너희들이 선택해라
전교 1등 되고 싶음 지금 당장 공부하라

보약 한약 먹어봤자 좋아진 것 전혀 없다
포기 말고 끈기있게 걸어가고 걸어간다

지금 바로 공부해라 내가 가는 방법이고
너희들의 꿈이 되고 우리들의 삶이 된다

하울의 움직이는 성

정다은

따스한 햇볕 아래
파아란 보리들과 속삭이고 있는
하울의 움직이는 성

검은 연기 뿜어내며
올챙이들마저 토라져 가 버렸던
지난 날, 하울의 성은

하얀 구름 뭉게뭉게
개구리들마저 같이 놀자
친구가 되었다

검은 마음 버린 후에야
사계절 보리밭길 작은 마을
듬직한 친구,

시원한 가을 하늘 아래
노오란 벼들과 여전히 속삭이고 있을

우리 마을
하울의 움직이는 성······.

시를 쓰면서 ─────────────
이 시 속의 '하울의 움직이는 성'은 바로 우리 학교 옆 공장이다.
그 공장들을 '하울의 움직이는 성'이라고 표현한 이유는 자연과는 뭔가
어울리지 않은 것 같으면서도 우리 학교 주변의 경치와 하나인 듯 잘 어
울린다는 점에서였다.
자연과 문명과의 조화를 위해 서로 조금씩 양보하자는 주제를 살릴 수
있는 방법들을 많이 생각해 보았다. 조금 힘들기도 했고 보람도 있었지
만 무엇보다도 주변 사물들을 다른 면에서 보는 연습을 시를 쓰는 동안
해 보려 했기 때문에 좋았다.
또한 이렇게 진지하게 창작시를 쓴 적이 없어서 많이 부족하지만 앞으
로 이런 과제가 다시 주어져도 겁내지 않을 자신감이 생겨서 기쁘다.
다 쓰고 보니 시보다는 동시쪽에 가깝게 되어 아쉽기도 하다.
이제부터는 도서관에서 시집도 찾아 읽고 시에 관심을 좀더 가져서 더
나은 시를 쓰고 싶다.

학교

이미선

아침만 되면 학교는
시끌벅적해진다

웃는 소리
떠드는 소리
지각하여 뛰는 소리

학교 마치고
해가 지면
학교는 조용해진다

뛰놀던 아이들도
떠들던 아이들도
해가 지면 모두가
조용해진다

아무도 없는 학교에는
바람만 불고

바람만 부는 곳에는
학교만 덩그러니 서 있다.

시를 쓰면서 ─────────────────────────────
수행평가로 처음 써 보는 시. 생각한 것보다 재미 있고 좋은 시간이었다.
나중에 기회가 된다면 다시 한 번 써 보고 싶다.

나의 전용 스쿨 버스

김상희

버스를 타러 가면서 보게 된
진귀한 풍경들

몇 시부터 기다린 건지
바글바글 버스정류소 앞

나와 다른 교복들, 머리 길이, 도착 지점까지
생판 모르는 사람들일 뿐
어디로 가는 사람일까?

버스를 기다리면서 보게 된
진귀한 풍경들

건너편 시내로 향하는 버스 안은 온통
사람들 천지

남 일인 듯 보는 우리쪽 사람들
하지만 이내 도착한 버스 안을 보고

굳어버린 우리쪽 사람들

이내 끼이익- 하면서 세워진 600번 버스 한 대

내가 탈 때까지 아무 말 않다가
내가 타니, 어서오세요 라고 인사를 남긴다
내가 아는 사람은 아닌데…… 나도 모르게 인사에 답한다

그러다 도착한 어느 문구점 앞
역시나 내릴 때 나에게만 안녕히 가세요 라고 하신다
좋은 하루를 보내라는 뜻인가 하면서 무의식으로 "네!"하며
폴짝 뛰어내려버린 나

"오늘은 즐거운 하루가 되겠지." 하며
내일 버스 오는 시간을 예상하며 걷는 나.

시를 쓰면서 ─────
원래 아무것도 생각이 나지 않아 한밤중까지 고민을 한 끝에 무작정 초
고를 써 버렸다. 그러다가 점차 감이 잡히면서 시를 써내려갔다. 마인드
맵에서의 소재들을 시로 옮길 때가 가장 머리가 아팠다. 시를 쓰는 것에
대해 이 정도로 고민한 적은 없었는데 이런 경험도 색달랐다. 이런 것도
한 번 해보는 것쯤은 나쁘지 않다고 생각한다.

개학

신미선

방학이 이렇게 짧을 줄 정말 몰랐습니다
방학내내 피부가 검게 타도록 놀았습니다
숙제가 밀렸습니다. 큰일입니다

진정 내일이 개학입니다
정신없이 놀았습니다
숙제가 이렇게 많은 줄은 정말 몰랐습니다

국어 방학 숙제는 창작시입니다.
창작시를 써야 하는데
어떻게 써야 할지 모르겠습니다.
참으로 난감합니다. 이 순간

난 정말 이대로 주저앉아야 할까요?
진정 내 삶의 끝이란 말인가요?

개학 때만 되면 난 숙제와 씨름합니다
시간이 멈추었으면 좋겠습니다. 이 순간

다음 방학 때는 이러지 말아야겠습니다
하지만 다음 방학이 지나고 개학이 될 때면
같은 후회를 하겠죠?

시험 치는 날

문은주

시험 치는 날,
교실 앞문 세게 열어도
재잘재잘 대며 친구들과 떠들어도
나에겐 눈길조차 주질 않는다
오직 책에만 눈길을 준다

시험 치는 날
학교 가는 길
아이들의 입은
꼭 노래 가락을 외우듯
입에선 뜻 모른 얘기들이 흘러나온다

시험 치는 날
아이들의 말소리는
1번에 2, 2번은 뭐야?
꼭 경매를 하는 것같이.

시를 쓰면서 ──────────────────────────────
"내일 영어 듣기 시험 준비 해라~." 담임 선생님의 말씀을 듣고 시의 소
재를 정하게 되었다. 그래서 나 혼자만 생각해서 나 혼자만 공감하는 시
보단 다같이 공감하는 시를 찾다보니 시험이라는 소재를 찾게 되었고,
시로 한 번 옮겨 보려 했다. 창작시라고 하여 매우 어렵게 생각을 하였
지만 시험 때의 교실 풍경을 생각해 보니 쉽게 쓸 수 있었다. 다음에 쓸
땐 너무 부담 가지지 않고 쉽게 쉽게 시에 다가가야겠다.

한자 시험

박지영

한자 시험을 치기 몇 달 전
한자 익히기 어려워지네
한자 쓰기 싫은 두려움

공부가 잘 되기 전
싫어도 최선을 다하는 것이다
열심히 공부를 하는 것이다

시험 친다고 접수하는 날
후회가 가까이 다가온다

공부는 해야 하고
시험 때는 긴장되고
발표 때 슬픔과 긴장이……

결과가 떨리기 시작할 무렵
붙으면 행복
떨어지면 슬픔과 좌절

붙어보고는 싶지만

안 붙는 이유가 무엇인가?

한자 시험이 어렵다

노력과 결과가 중요하다

최선을 다해서 붙어야겠다.

시를 쓰면서

한자라는 말을 머릿 속에 떠올리면 석 달마다 한자검증능력시험을 치는
장면만 기억이 난다. 하지만 생각을 시로 옮긴다는 것이 너무 어려웠다.
무엇을 쓰고 어떻게 해야 할지 많이 고민하였다.

내 꿈은 한문선생님이 되는 것이다. 그런데도 한자검증능력시험은 아무
리 공부를 해도 어려운 문제만 나오는 듯하다. 다음 시험에서는 더 열심
히 공부해서 내가 원하는 급수에 합격을 할 것이다.

도서관에서 꼭 있는 것들

신지연

열심히 공부하는 척하지만,
자세히 보면 연습장으로 대화 나누며 히히닥거리는
철없는 초딩들

수능시험을 앞둬 심란한 고등학생들

공부하는 사람들 사이에서
MP3로 노래 들으면서 자는 사람들
책 빌려가 놓고 돌려주지 않는 사람들

이 조용하고 아담한 곳 도서관에서
행패 부리는 자들!

제발 그러지 마세요
밥 먹을 때처럼 조용히 좀 합시다.

도서관에서 예절을 지키자는 뜻으로 썼는데 표현도 엉망이고 앞뒤 문장
이 맞지 않아서 시가 많이 어색하다. 항상 도서관에 가면 초등학생들이
예의없게 시끄럽게 떠든다. 그 모습을 상상하며 이 시를 썼다. 사람들이
도서관을 이용하면서 예의없게 떠들지 않았으면 좋겠다.

딕플

2학년 중반쯤
엄마가 사주셨던
네모난 딕플

영어 단어도 찾고
한자도 찾으며
열심히 공부했던 딕플

학교 수업 마치고
어두컴컴한 길 걸을 때
환한 불빛과 신나는 노랫소리로
나의 친구가 되어준 작은 딕플

엄마 몰래 딕플로
인터넷 소설 읽으면
엄마는 내게 잔소리했던
여름방학 때 싱싱했던 딕플

내게 선생님이 되어 주었던 딕플

내게 무서운 밤 길 친구가 되어준 딕플

내게 즐거움을 주었던 딕플

나의 중학교 앨범 같은 딕플

저건 바로 나의 보물 1호

시를 쓰면서 ————————————————————

2학년 때 샀던 나의 전자사전 딕플. 그 때 너무너무 좋아서 기뻐했던 기억이 났다. 지난 2년 동안 딕플과 함께했던 많은 추억이 있어서 시로 적어서 남기고 싶었다.

소설도 읽고, MP3도 듣고, 검색도 하고, 외로울 땐 친구도 되고, 공부도 하고. 비록 엄마한테 잔소리는 무진장 많이 들었지만 전자사전 딕플이 있어서 나는 너무 행복하다.

월요일 아침

이보람

달콤했던 일요일이 지나고
어려운 알파벳 같은 월요일이 오네

아침밥은 꼭 먹으라는
엄마의 잔소리 아닌 잔소리에
허겁지겁 바빠지는 손놀림

지각을 피하기 위한
총알 같은 나의 발걸음
아슬아슬 교문을 통과하네

마지막 미션을 수행하기 위해
한 칸씩 올라가는 나의 종아리에는
새로운 동지가 생겨난다

성공의 깃발이 보이는
그 곳으로 들어가면
또 다른 동지들이 나를 반기네

주말에 있었던 이만큼 많은 일들을
가방 속 이야기보따리에 풀어내는
소설 같은 월요일 하루가 시작된다.

시를 쓰면서 ——————

놀토가 있는 경우 하루종일 마음 편하게 지내다 월요일이 되어 학교에
가게 되면 정말 내 스스로에게 지칠 만큼 힘이 든다. 아침부터 일찍 일
어나 준비를 다하고 밥을 먹으면 시간이 마치 총알처럼 빨리 지나가서
빠듯한 아침을 보낸다.

학교에 도착하면 지각을 면하기 조급해졌던 나의 발이 친구들이 있는
휴식처 같은 교실로 들어간다. 3층에 올라와 우리 교실에 들어설 때면
일찍 온 아이들이 모여 주말의 에피소드를 이야기하고 있다. 그렇게 여
자들의 수다로 하루를 시작한다.

나는 이번 창작시로 월요일의 힘든 아침을 그려내 보려 했다. 힘들게 시
작하는 월요일이지만 그래도 교실에 오면 시간이 가는 줄 모르는 그치
지 않는 이야기들과 장난으로 시간 가는 줄 모르고 지내던 나의 학교생
활의 모습을 시에 담아보려 했는데 잘 되었는지 모르겠다.

3학년

지유정

이제 얼마 남지 않았다.
학교에 들어온 지 벌써 3년이 지났다니
시간이 너무 빠르게 흐르는 것 같다

처음에 입학할 때는 뭣도 모르고
그냥 '열심히 하면 되겠다'
라는 생각 밖에는 안했는데
일 년 일 년 지날 때마다
걱정과 고민이 늘어나는 것 같다

처음부터 게으르게 공부하지 말고
처음부터 열심히 할 것을……
후회가 된다.

시를 쓰면서 ─────────────────────
3학년이 되어서 걱정과 고민을 담은 내 마음을 표현해 보았다. 처음에
시를 쓸 때는 막막했었다. 단어도 생각나지 않고, 어떻게 써야 할지를 잘
몰랐었다. 하지만 자꾸 고민하다 보니 그냥 산문을 쓸 때와는 다른 느낌
이 들어 좋았다.

영어 시간에 생기는 일들

곽하나

"딩동 딩동"
"우리반 이번에 무슨 시간이야?"라고 묻는 아이
"영어!"라고 대답하는 아이
영어라는 소리에 우리반 아이들은
허겁지겁 수업 준비를 한다

"드르르륵-!"
영어 선생님이 등장하자 반 아이들은
조용해졌다. 너무 조용하다
그래서 숨소리밖에 들리지 않는다

두근두근 콩닥콩닥
선생님이 읽고 해석하기를 시킬까 봐
조마조마한 아이들
못하면 선생님이 들고다니는 몽둥이로 한 대 맞을 것 같아
우리 모두 한마음으로 안 걸리기를 바라고 있다

"또르르……"
눈알 돌아가는 소리
시계를 향하고 있다 빨리 마치기를
바라는 우리들

"딩동 딩동"
수업종도 우리들의 마음을 알고 있었는지
우렁차게 소리를 질러준다
하지만, 아직 끝나지 않은 수업
숙제 검사가 남았다

"사각사각"
숙제 검사하는 볼펜들의 소리
"숙제 안 해 온 인간들 나와!!"
한두 명씩 나간다

"퍽퍽—!"

애들이 궁둥이 맞는 소리

궁둥이도 아픈지 열을 내고 있다

빨갛게 빨갛게 물드는 궁둥이들

하지만 그것은 모두 다 우리를 위해서 하는 걸

아이들은 알고 있을까?

시를 쓰면서 ─────────────

처음에 시를 적으려 하니 막상 첫 행부터가 고민이었다.

얼마동안 생각하니 쉬는 시간을 마친 후 수업 준비를 하는 아이들이 생각이 나서 이와 같은 내용을 적게 되었다. 막상 적으려니 막막했는데 쓰다 보니까 재미있고 다음에 기회가 된다면 가끔씩 적어 보고 싶다.

우리 아이들

김민희

꺄르르르르
오늘은 토요일
애들이랑 노는 날

매일 배고픈 아이들
오늘은 무엇을 먹을까?
삼겹살로 낙찰! 쾅쾅쾅

음식 시켜서 먹고
소화 시킬겸 수다 떠는 아이들

하나는 숨넘어갈 듯
호언이 얼굴 폰카로 몰래 찍으며
꺄르르 웃는다

친구는 아무것도 모르고
계산을 하고

수민이랑 은정이는
남은 비빔밥을 야금야금 먹는다

지연이는 그런 수민이와 은정이 뒤에서
몰래 우웩~ 하며 뒤로 자빠진다!

그런 친구들을 보며
이 세상에서 돈 주고 살 수 없는
행복한 웃음을 짓는다.

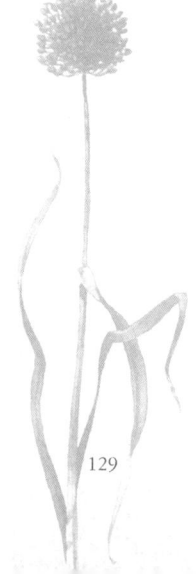

자유 시간

김윤미

숙제하는 아이……
공부하는 아이……
잡담하는 아이……

종소리 울릴까
시계 보며
눈치 보는 아이들

선생님이 보실까
조심스럽게
교무실을 지나는 아이들

점심 시간이 끝나고
남은 시간을
운동장을 뛰노는 아이들
후닥닥후닥닥
복도에서 울리는
발소리

자유 시간을 즐기는
아이들의 모습과
해맑은 웃음소리

어떻게 하면
더 재미 있을지
고민하다 자유 시간이 끝난다.

시를 쓰면서
시 짓는 것을 좋아하지 않는 나는 생각을 많이 하게 되었다. 어떤 주제
가 더 좋을까? 무슨 내용이 괜찮을까? 잘 지을 수 있을까?라는 고민을
하게 되고, 많은 생각과 고민 끝에야 주제를 정할 수 있었다.

선생님

김수민

숙제를 해오지 않을 때
선생님은 돌변한다

반면에 숙제를 해 왔을 때
선생님은 마치 한 마리의
순한 양처럼 변하신다

저렇게 돌변하는 선생님을 보면
시장 바닥에 아줌마들이 조잘조잘거리는 것마냥
친구들과 교실의 한 공간에 모여서
불만 가득한 표정으로 쉴새 없이 입을 조잘거린다

입을 조잘조잘거리는 것도 잠시
며칠 혹은 몇 시간이 지나면 아무렇지 않게
서로 웃으며 정답게 인사드린다

싫어하던 선생님도 시간이 지나면
나도 모르게 정들어 있던 허전한
마음이 그리움으로 물들어버린 마음…….

시를 쓰면서 ─────────────────────
어릴 때부터 꾸중도 많이 듣고 지적을 많이 받았던 게 생각이 나서 정든
선생님을 그려보았다. 솔직히 한때 싫었지만 그래도 싫은 만큼 정도 든
것 같아 좋았긴 하다.

내 대통령 이승윤?

전효원

내 친구 이승윤
별명은 이승만

항상 온순하고 조용하고
그렇지만
항상 친구들에게
당하기만 한다

내 친구 이승윤
별명은 이승엽

덩치 크고 키도 크고
그렇지만
덩치에 맞지가 않은
고소 공포증이 있다

내 친구 이승윤
별명은 각하

안경 쓰고 순진하고

그렇지만

그 순진함은

사라져갔다

내 친구 이승윤

별명은 쓸만이

느리고 인내심 있고

그렇지만

지각 잘 하고

우리랑 놀지 않는다

하지만 나는

우리 승윤이가

10째로 좋다!

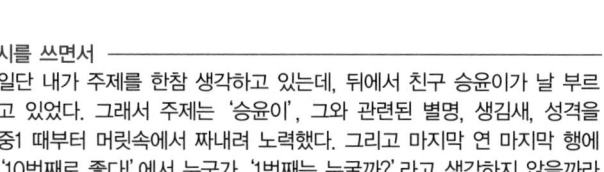

시를 쓰면서

일단 내가 주제를 한참 생각하고 있는데, 뒤에서 친구 승윤이가 날 부르고 있었다. 그래서 주제는 '승윤이', 그와 관련된 별명, 생김새, 성격을 중1 때부터 머릿속에서 짜내려 노력했다. 그리고 마지막 연 마지막 행에 '10번째로 좋다!' 에서 누군가 '1번째는 누굴까?' 라고 생각하지 않을까라며 한 번 써 봤다.

수업 시간

현예진

지금은 공부하는 시간
하지만 모두가 열심히 공부하는 것은 아니다
눈이 초롱초롱 칠판을 향해 보고 있는 친구가 있는 반면
눈이 감겨 책상에 뻗은 친구
그리고 눈이 허공을 향해 있는 친구

하지만 그런 기나긴 수업 시간을 마치는 종소리가 울릴 때면
자고 있던 친구들은 벌떡!
멍해 있던 친구들은 깜짝 놀라지만
열심히 공부한 친구들은 기지개를 켠다

지금은 쉬는 시간
쉬는 시간에는 또 다른 친구들의 모습을 보고 있다
친구들과 수다 떠는 모습
친구들과 장난치는 모습
그리고 소수의 공부하는 친구들의 모습

이게 공부를 잘하고, 못하는 친구들의 차이일까?

시를 쓰면서 ─────────────────────────────

수업 시간을 우리 반 아이들을 관찰하며 이 시를 썼다. 가끔씩 아주 가끔씩 이런 모습이다.

내가 시를 쓰게 될 줄은 몰랐다. 어떻게 하든 썼긴 쓰지만, 쓰고, 고치고, 다시 쓰고를 자꾸 반복하며 썼다. 그렇게 쓰고 나서 다시 보아도 초등학생 수준이다. 앞으로 시 쓰는 공부를 좀더 배워야겠다는 생각이 든다.

우리 반 '쌤'은 개그맨?

이은선

우리 반 '쌤'은 개그맨?
매일 재미없는데 개그하는 우리 쌤
개그 할 때마다 수 없이 쏟아지는 아이들의 비난들
비난 받고 뭐가 좋다고 싱글벙글이신지
그런 쌤 보면서 따라 싱글벙글인 우리는 뭘까?

지루한 수업 시간의 수호천사
선생님의 아랫배에서 서서히 조여오는 고통
그렇다 그분이 오신 것이다
쌤은 손님 맞으러 화장실로 뛰어갔다
그 순간에도 책 한 권은 옆구리에 꼭 끼고 달린다

교실로 컴백한 선생님은
개그하고 나서의 뿌듯한 미소보다 더
평상시 기쁨의 미소보다 더
해맑은 미소를 띄고 있었다.

시를 쓰면서 ─────────────────────────────
주제 잡는 것도 정말 어려웠고 그 주제에 어울리는 내용을 적는 것도 너무 어려웠다.
선생님을 소재로 재미있는 시를 쓰고 싶었다.

영어 수업 있는 날

하유리

잠들면 안 된다

1초가 급한 이 시간
내일은 영어 수업 있는 날

선생님의 회초리로
궁디를 불나게 할 수는 없다

밤을 꼴딱 새서라도
영어 숙제는 꼭 한다

다음 날 아침
눈 밑은 다크 서클이 쩐다.

시를 쓰면서 ────────────────────

맨날 영어 숙제 때문에 지쳐서 시로 표현하였다. 하루에 50개 단어 외우는 건 기본이고 대화를 외우는 것도 많다. 너무 힘들지만 어쩔 수 없다. 선생님이 무섭기 때문이다. 하지만 그렇게라도 공부하니 도움되는 것 같아서 좋긴 좋다. 이제 더 열심히 해야겠다.

우리 아이들의 가슴 속에 '詩' 가 빛나길

초등학교 시절, 부모님의 맞벌이로 인해 늘 혼자 있는 시간이 많았다. 어떻게 하면 시간을 좀더 빨리 보낼 수 있을까라는 고민에 책 읽기에 취미를 붙였다. 쉽게 읽히는 소설도 좋았지만, 읽으면서 유달리 멋진 표현들을 찾고 옮겨 적는 것에 맛을 들여 시집 읽기를 즐겨했다. 특히 고교 시절에는 문예반에서 활동하며 인근 여학교의 시화전을 죽어라 찾아다니고 매점에서 쓰는 돈을 아껴 시집을 사는 것을 취미로 할 만큼 한때는 시인을 꿈꾸기도 했다.

그러나 뒷받침되지 않는 필력으로 인해 '시 쓰기' 다음으로 하고 싶은 것이 뭘까라는 고민에 사범대학 국어교육과로 진학을 하게 되었고, 지금은 교실에서 아이들에게 문학을 가르치고 생각을 나누는 국어교사가 되었다.

2007년, 임용고시 합격 후 첫 발령지는 '포산중학교' 라는 생소한 이름의 학교였다. 대구시교육청 소속이었지만 대도시 '대구' 의 일반적인 모습과는 사뭇 달랐던 그곳. 낙동강을 옆에 끼고 뒤에는 대구의 명산 '비슬산' 을 병풍처럼 삼고 있으며, 교문 앞에는 보기 힘든 멋진 보리밭이 자리잡은 전교생 200여 명의 시골의 작은 학교였다.

아이들은 흔히 말하는 천사였다. 아스팔트 포장길보다는 보리 향을 맡으며 걸을 수 있는 시골길이, 아파트보다는 마당 있는 작은 시골집이, 휴대전화의 문자보다는 아직 면내에 유일한 문구점에서 산 편지지에 연필로 쓴 편지 한 통에 더 익숙한 그런 아이들이었다.

2년간 아이들과 참으로 많은 시들을 읽었다. 교과서에 실린 어려운 시들 외에 국어시간에 도서관에서 몇 시간이고 여러 시집들을 직접 보고 골라 읽을 시간을 마련해 주고 싶었다. 시는 '아는 것'이 아니라 '느낄 수 있는 것'이어야 한다고 생각했다.

어느덧 우리 아이들은 시를 느끼고 나누고 안을 수 있는 그런 정도가 되었다. 그러다 보니 은근히 시인이 되고자 했던 꿈을 한 번 아이들에게 강요(?)하고 싶은 욕심도 들었고 잘 해 낼 수 있을 거라는 믿음도 들었다.

우리 아이들이 잘 할 수 있을까, 혹시나 너무 지쳐하거나 싫어하지는 않을까라는 두려움 반, 설렘 반을 가지고 학기 초 수행평가 계획서에 '창작시 쓰기'라는 항목을 넣었다.

먼저 중학교 3학년 첫 단원인 '시의 표현' 수업을 6차시에 걸쳐 진행하고, 7차시째 '중등국어과 1급 자격 연수'에서 배운 자료들을 다시금 편집하여 아이들에게 마인드맵을 이용한 시 창작에 대해 하나하나 설명했다. 생각보다 아이들은 관심있게 이야기를 들어주었다. 약 한 달간 틈틈이 같이 시를 쓰고 시에 대해 이야기를 나누었다. 이 작은 노력들이 시작이 되어 시가 우리 삶 속에서 멀리 떨어져 존재하는 것이 아니라 삶 속에서 자연스레 스며들어 있는 소중한 것임을 느낀 좋은 계기가 되었다는 생각도 은연 중에 서로 느꼈다.

지금 보면 참 어설프고 부족한 작품들도 많다. 하지만 '왜 시 같은 것을 배우고 쓰냐'고 하던 녀석들이 이번 계기로 '시 창작도 나름 재미있었다', '앞으로 고민과 걱정이 있으면 시로 표현하며 푸는 것도 괜찮겠다' 등의 이야기를 할 만큼 시에 대한 인식을 바꾸어 주었다는 것에 작은 보람이라고 할까. 이번 시집으로 인해 더욱 많은 시들이 우리 아이들의 가슴 속에 빛나기를 바란다.

이 책이 나오기까지 많은 분들의 관심과 도움이 있었다. 부족한 책을 위해 늘 지원과 응원을 해 주신 포산중학교 교장 선생님 외 여러 선생님, 후배들의 시집에 관심을 가져 준 포산고등학교 박현아, 장은진 학생, 늘 옆에서 지켜봐 준 착하고 이쁜 아내, 그리고 무엇보다도 창작시 쓴다고 고생한 우리 2009년 포산중학교 3학년 학생들에게 고맙다는 말을 전하고 싶다.

2010년 5월

국어교사 박현진